Collection MONSIEUR

1 MONSIEUR CHATOUILLE
2 MONSIEUR RAPIDE
3 MONSIEUR FARCEUR
4 MONSIEUR GLOUTON
5 MONSIEUR RIGOLO
6 MONSIEUR COSTAUD
7 MONSIEUR GROGNON
8 MONSIEUR CURIEUX
9 MONSIEUR NIGAUD
10 MONSIEUR RÊVE
11 MONSIEUR BAGARREUR
12 MONSIEUR INQUIET
13 MONSIEUR NON
14 MONSIEUR HEUREUX
15 MONSIEUR INCROYABLE
16 MONSIEUR À L'ENVERS
17 MONSIEUR PARFAIT
18 MONSIEUR MÉLI-MÉLO
19 MONSIEUR BRUIT
20 MONSIEUR SILENCE
21 MONSIEUR AVARE
22 MONSIEUR SALE
23 MONSIEUR PRESSÉ
24 MONSIEUR TATILLON
25 MONSIEUR MAIGRE

26 MONSIEUR MALIN
27 MONSIEUR MALPOLI
28 MONSIEUR ENDORMI
29 MONSIEUR GRINCHEUX
30 MONSIEUR PEUREUX
31 MONSIEUR ÉTONNANT
32 MONSIEUR FARFELU
33 MONSIEUR MALCHANCE
34 MONSIEUR LENT
35 MONSIEUR NEIGE
36 MONSIEUR BIZARRE
37 MONSIEUR MALADROIT
38 MONSIEUR JOYEUX
39 MONSIEUR ÉTOURDI
40 MONSIEUR PETIT
41 MONSIEUR BING
42 MONSIEUR BAVARD
43 MONSIEUR GRAND
44 MONSIEUR COURAGEUX
45 MONSIEUR ATCHOUM
46 MONSIEUR GENTIL
47 MONSIEUR MAL ÉLEVÉ
48 MONSIEUR GÉNIAL
49 MONSIEUR PERSONNE

Mr. Men   Little Miss

Monsieur
NIGAUD

Roger Hargreaves

hachette
JEUNESSE

Il faut le reconnaître,
monsieur Nigaud n'était pas très malin.

Si on lui demandait, par exemple :
« Quel est le contraire de noir ? », il répondait :

– Euh !... c'est... euh... rose !

Il avait construit lui-même sa maison.
Sur une colline.

Regarde comment.

Quel nigaud!

Pour son malheur,
monsieur Nigaud vivait à Malinville, une ville
où tout le monde était terriblement malin.

A Malinville, même les oiseaux allaient à l'école!

Et à Malinville,
même les vers de terre savaient lire.

Pauvre monsieur Nigaud! Tout ce qui l'entourait
était si malin qu'il en avait le vertige.

Un matin, au cours de sa promenade,
monsieur Nigaud rencontra un cochon.
Un cochon très malin.

– Qu'est-ce qui est gris, énorme,
avec une trompe et de grandes oreilles ?
demanda le cochon à monsieur Nigaud.

– Euh... Une souris peut-être ?
répondit monsieur Nigaud.

Le cochon éclata de rire
et s'en alla en hochant la tête.

Monsieur Nigaud rencontra ensuite un éléphant.
Un éléphant très malin.
– Qu'est-ce qui est petit,
qui a une fourrure et qui aime le fromage ?
lui demanda l'éléphant.

– Euh... Un cochon peut-être ?
répondit monsieur Nigaud.

L'éléphant se mit à rire
en secouant sa trompe.

– Un cochon ? répéta-t-il. Un cochon ? Gros nigaud !

Et il s'en alla.

Pauvre monsieur Nigaud !

Monsieur Nigaud décida de ne plus parler
à personne ce jour-là.

Il partit se promener dans la forêt.
Là, il était sûr de ne rencontrer personne.

Il était si malheureux d'être si nigaud
qu'une larme glissa sur sa joue.

Pauvre monsieur Nigaud !

Dans la forêt, il passa près d'un puits.

Évidemment, monsieur Nigaud ignorait
que ce puits était magique.

Ce jour-là, il faisait chaud
et monsieur Nigaud était très assoiffé.
Il but donc beaucoup d'eau.

Mais il était toujours aussi malheureux.

– Ah, si seulement j'étais malin! se dit-il.
Et il soupira.

Monsieur Nigaud ignorait
qu'en buvant l'eau de ce puits
tous ses vœux seraient exaucés.

Or monsieur Nigaud avait souhaité être malin.

Et son vœu se réalisa.

Il était malin.

En fait, il était devenu très malin.

Mais il ne le savait pas.

Pas encore !

Sur le chemin du retour,
monsieur Nigaud aperçut l'éléphant
et le cochon très malins.

Les deux compères se moquaient
de lui et de sa bêtise.

Dire qu'il n'avait pas su répondre
à des questions aussi simples !

Ils gloussaient et pouffaient de rire,
quand ils virent monsieur Nigaud.

– Le revoilà ! s'exclama le cochon.

– Posons-lui une autre question,
ajouta l'éléphant.

Monsieur Nigaud passa près d'eux.

– A ton avis, lui dit le cochon
en essayant de garder son sérieux,
qu'est-ce qui est blanc, couvert de laine
et qui fait « bêêêê » ?

– Un mouton, évidemment, répondit monsieur Nigaud.

Le cochon et l'éléphant en restèrent bouche bée.
Et à dire vrai, monsieur Nigaud aussi.

Il se sentit soudain très, très malin.

C'était plutôt agréable.

– A ton avis, dit l'éléphant,
qu'est-ce qui a une queue, quatre pattes
et qui fait « ouah, ouah ! » ?

– Très facile ! répondit monsieur Nigaud.
Un chien !

Le cochon et l'éléphant
ne comprenaient pas du tout comment
monsieur Nigaud avait pu devenir si malin
en une seule matinée.

D'ailleurs, monsieur Nigaud non plus.

Mais toi, tu le sais.

N'est-ce pas?

– Maintenant, à moi de t'interroger,
dit monsieur Nigaud au cochon.

– Gros nigaud! grogna le cochon méchamment.
Moi, je serai capable de répondre
à toutes tes questions!

– Ah vraiment? s'exclama monsieur Nigaud
avec un grand sourire.
Dans ce cas, qu'est-ce qui est gras et rose,
et qui fait « atchoum, atchoum! »?

– Euh... euh... bégaya le cochon très embarrassé.
Je n'en sais rien...

– Ah bon ? dit monsieur Nigaud.
Et il chatouilla le groin du cochon.

– Atchoum ! Atchoum ! fit ce dernier.

– Eh bien, c'est toi, dit monsieur Nigaud.
Tu es gras, rose et tu fais « atchoum, atchoum ! »

Le cochon prit un air bête.
Extrêmement bête.

Monsieur Nigaud se tourna vers l'éléphant,
qui d'ailleurs avait cessé de ricaner.

– Bon, dit monsieur Nigaud.
Je vais te poser une question.

Qu'est-ce qui est gris et énorme,
et qui fait « zdob, zdob ! » ?

– Euh... euh... bégaya l'éléphant très embarrassé.
Je n'en sais rien.

– Eh bien, moi si! répliqua monsieur Nigaud.
Et il fit un nœud avec la trompe de l'éléphant très malin.

– Zdob! Zdob! cria l'éléphant.
En fait il voulait dire : « Stop! Stop! »,
mais ne le pouvait pas avec sa trompe nouée.

Monsieur Nigaud éclata de rire et rentra chez lui.

– Ze zubboze que du drouves za abuzant ?
dit l'éléphant.

1 AUTORITAIRE
2 MME TÊTE-EN-L'AIR
3 MME RANGE-TOUT
4 MME CATASTROPHE
5 MME ACROBATE
6 MME MAGIE
7 MME PROPRETTE
8 ...E INDÉCISE
9 MME PETITE
10 MME TOUT-VA-BIEN
11 MME TINTAMARRE
12 MME TIMIDE
13 MME BOUTE-EN-TRAIN
14 MME CANAILLE
15 ...ME BEAUTÉ
16 MME SAGE
17 MME DOUBLE

LA COLLECTION MADAME
c'est aussi
41 personnages

18 MME JE-SAIS-TOUT
19 MME CHANCE
20 MME PRUDENTE
21 ...ME BOULOT
22 MME GÉNIALE
23 MME OUI
24 MME POURQUOI
25 MME COQUETTE
26 MME CONTRAIRE
27 MME TÊTUE
28 ...E EN RETARD
29 MME BAVARDE
30 MME FOLLETTE
31 MME BONHEUR
32 MME VEDETTE
33 MME VITE-FAIT
34 MME CASSE-PIED
35 ...ME DODUE
36 MME RISETTE
37 MME CHIPIE
38 MME FARCEUSE
39 MME MALCHANCE
40 MME TERREUR
41 MME PRINCESSE

ISBN : 978-2-01-224559-4
Loi n° 49-956 du 16 juillet 1949 sur les publications destinées à la jeunesse.
Imprimé et relié en France par I.M.E.